El mapa del tesoro

Kurt Redondo

Traducción al español: José María Obregón

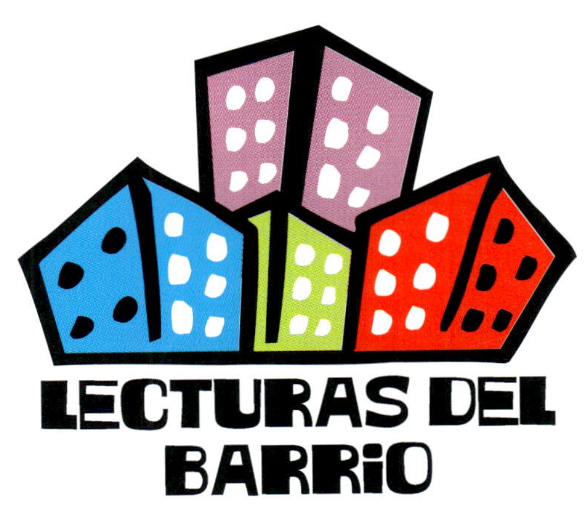

Rosen Classroom Books & Materials™

New York

¡Mira! ¡Un mapa!

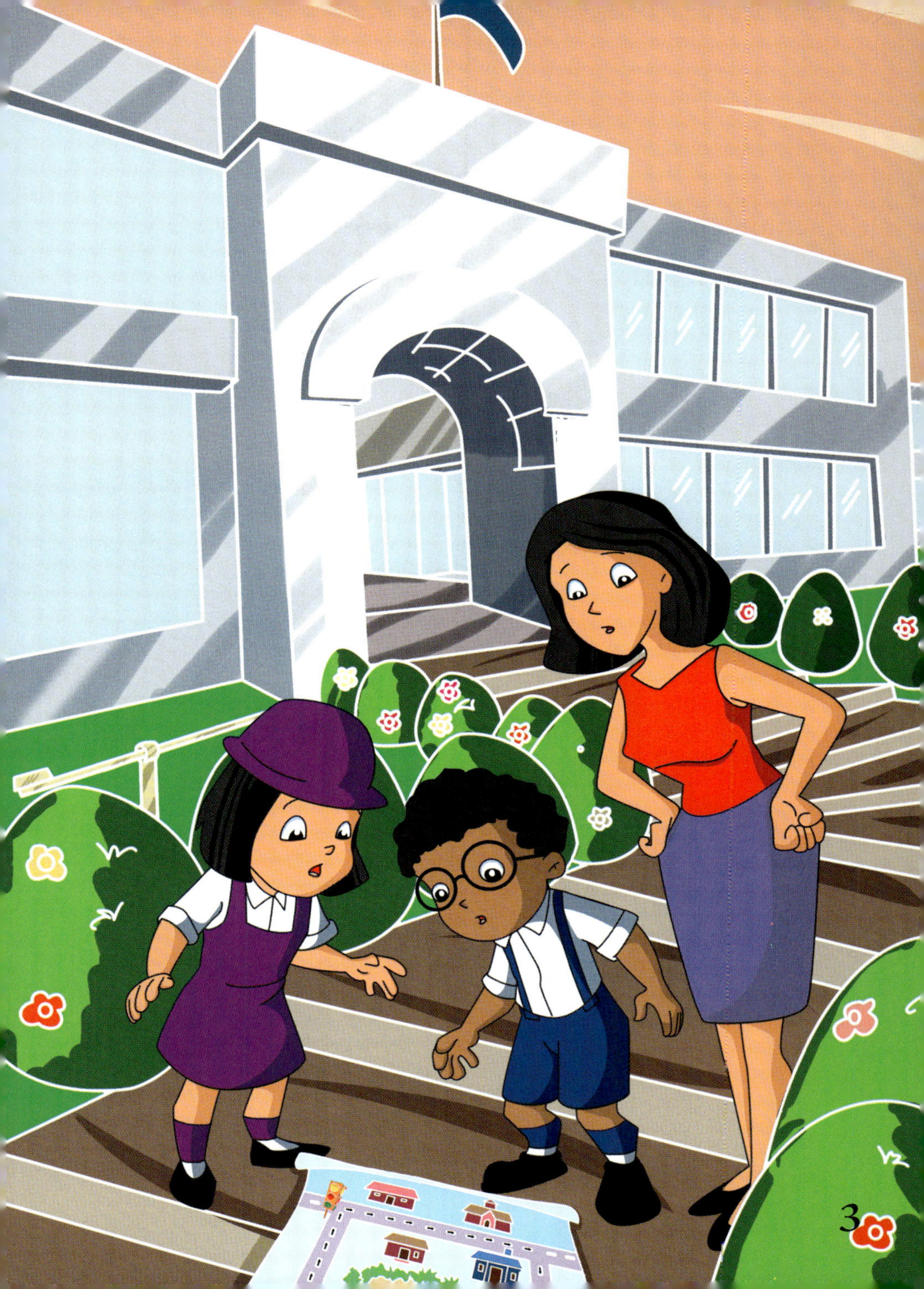

Vemos el mapa.

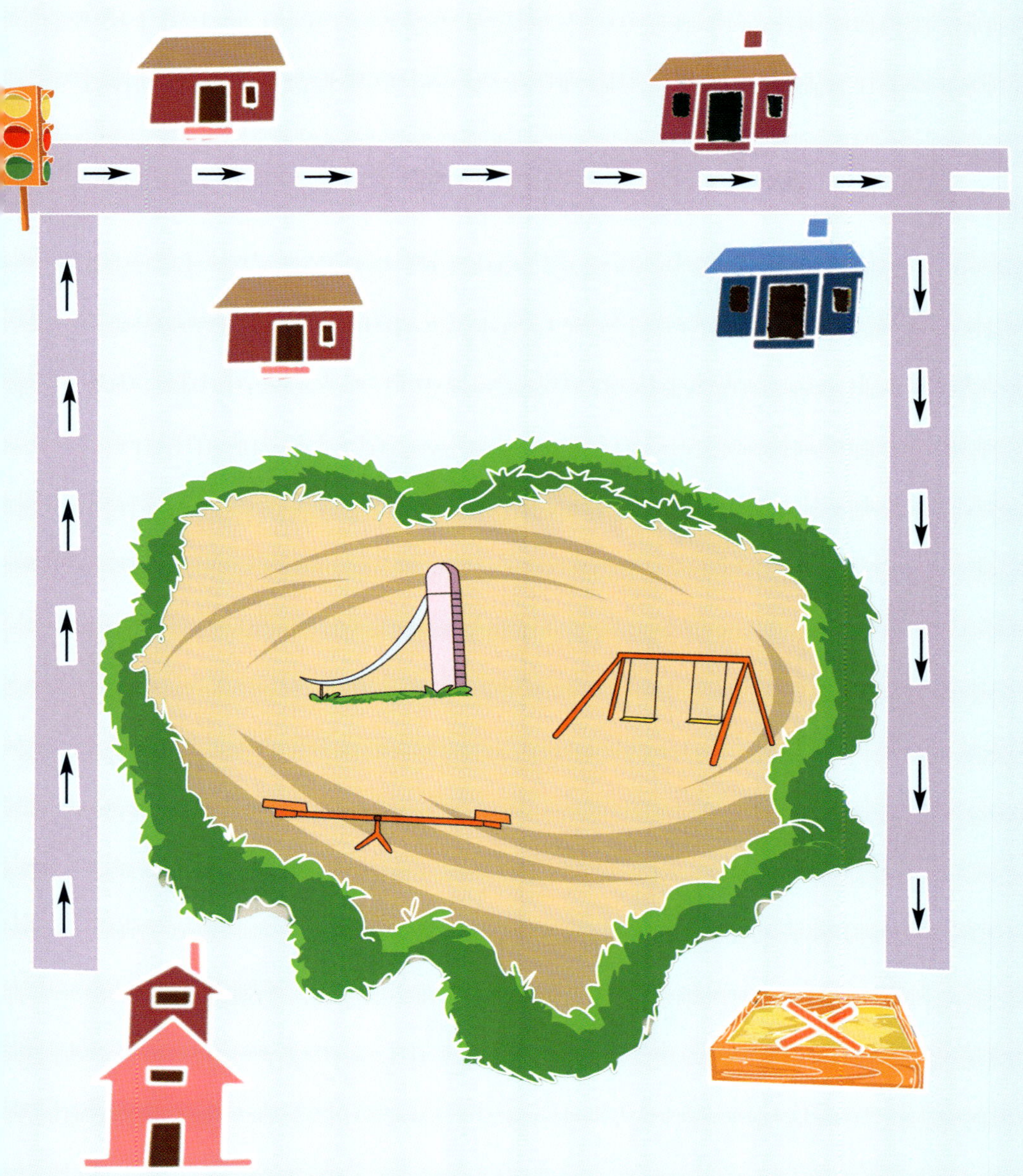

Vamos al semáforo.

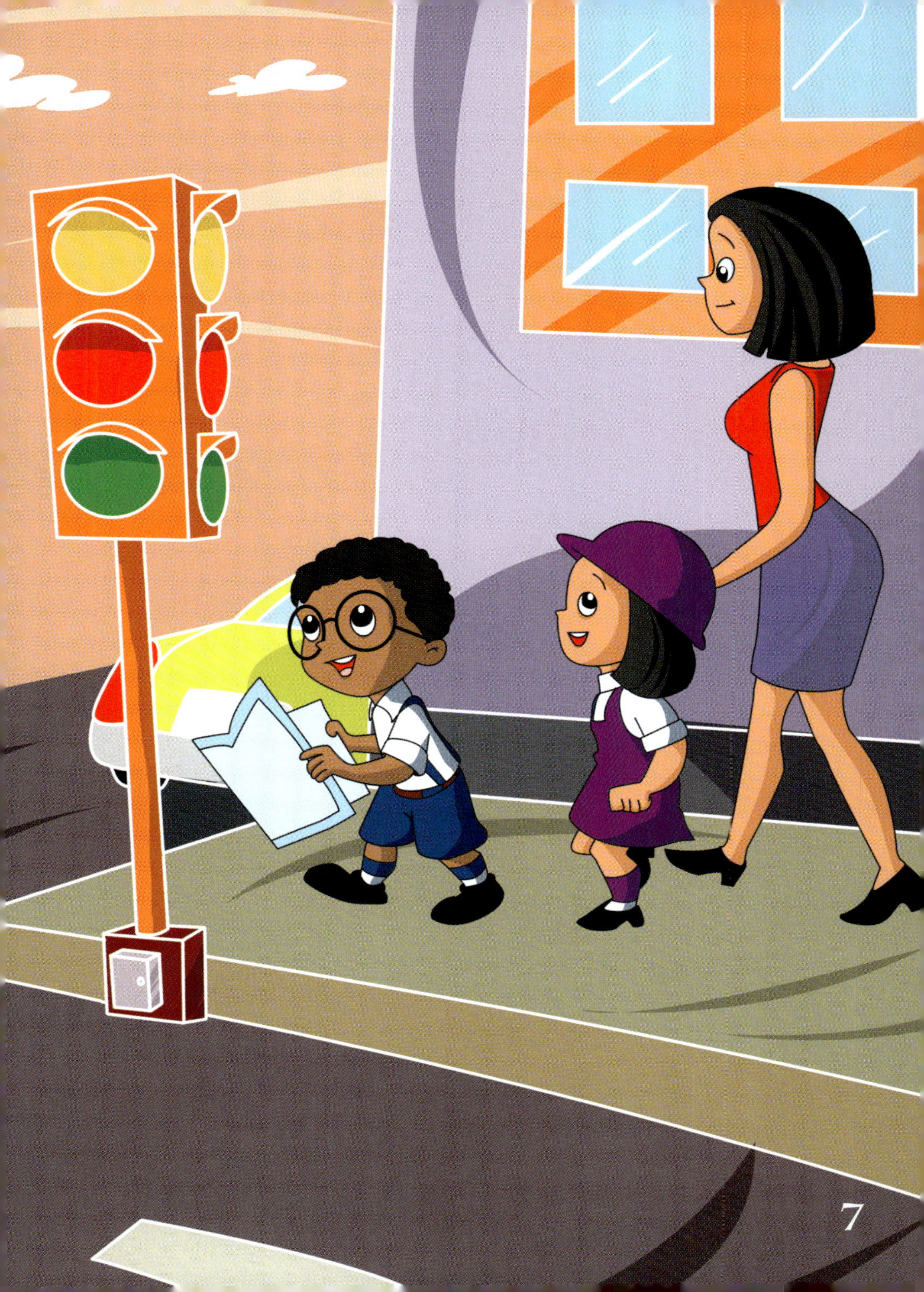

Vamos a la casa.

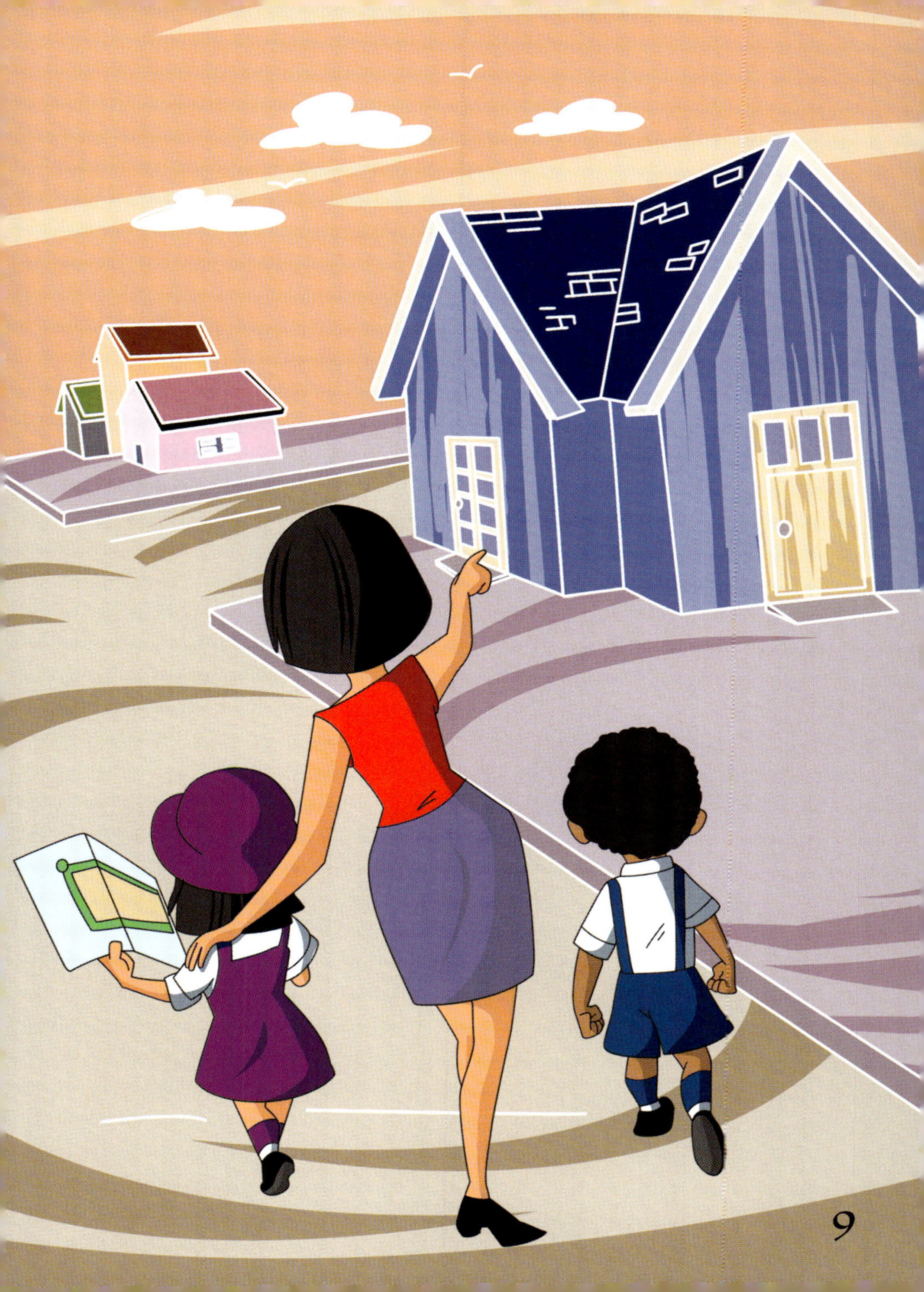

Vamos al arenero.

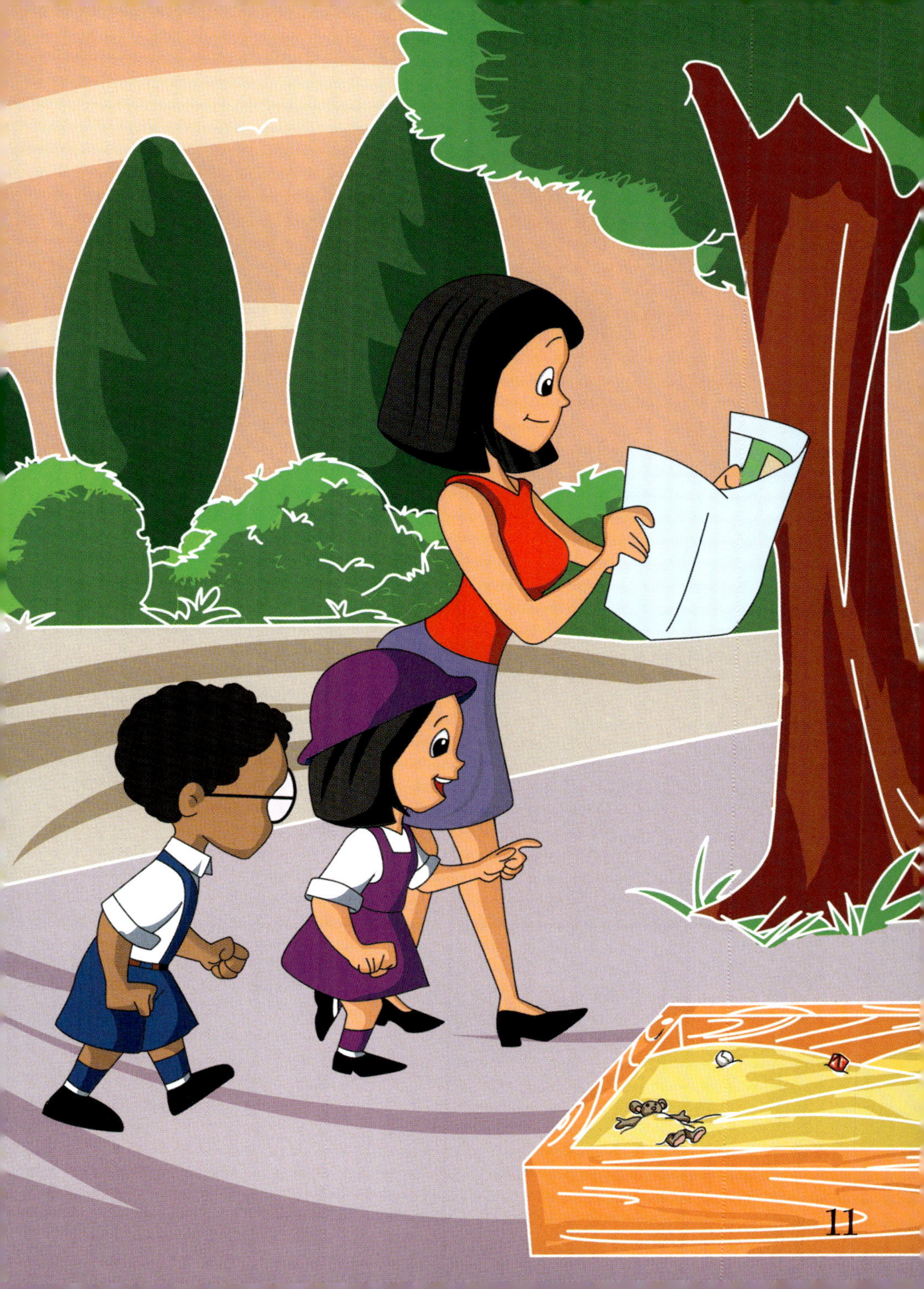

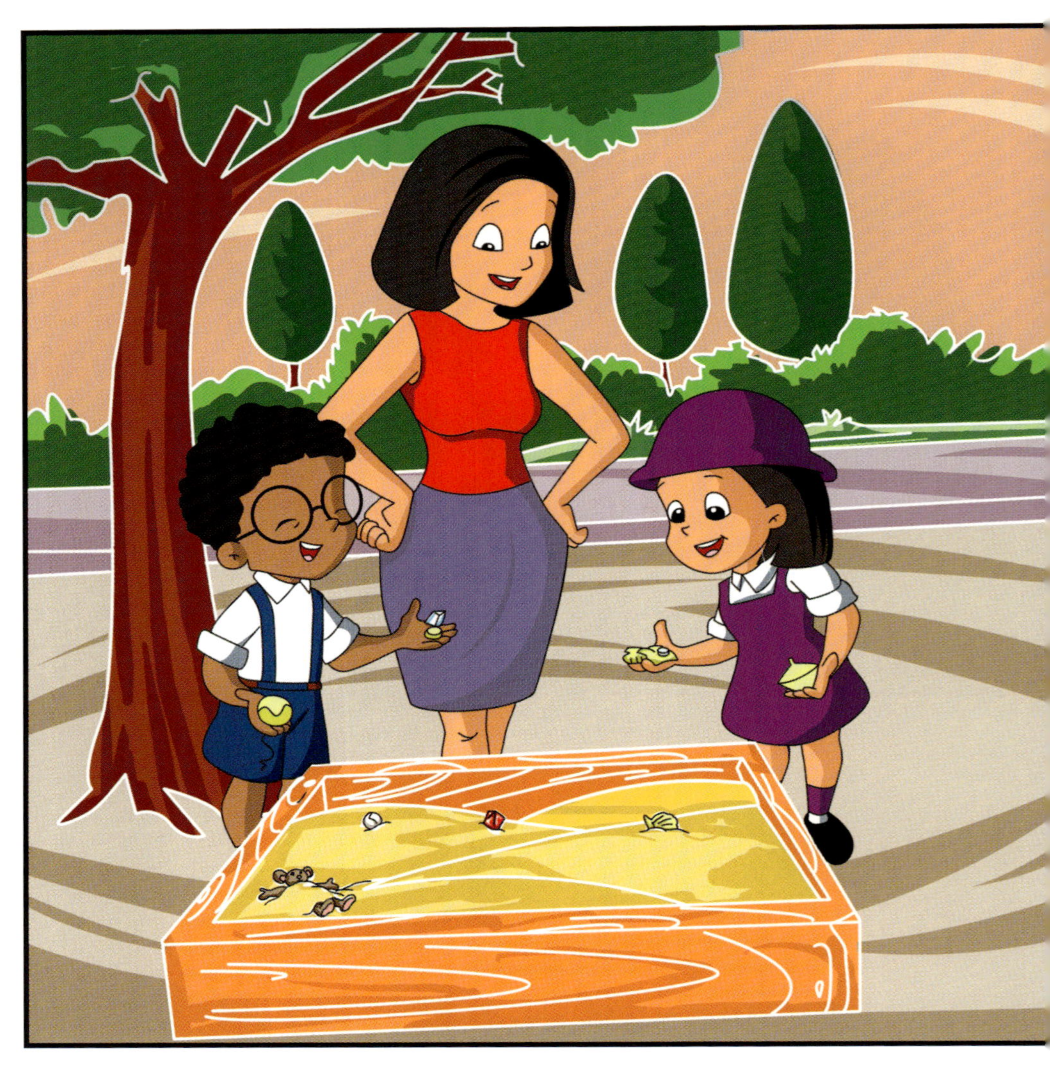

¡Mira el tesoro!